Tomoko Ohmura

Pourquoi ça n'avance pas ?

le tricycle
n° 50

Pourquoi ça
n’avance pas ?

Mais il se passe quelque chose, c’est sûr, allons voir…

Tu sais ce que c'est?
Non.
Je veux aller voir!
Moi aussi!
Attends-moi!
les patins à roulettes
n° 49
le monocycle
n° 48
la trottinette
n° 47
la planche à roulettes
n° 46

Vroum !
Vous savez ce qui se passe ?
Non, mais ça m'intrigue…
Pour votre sécurité, ne courez pas, s'il vous plaît !
le trotteur
n° 45
la poussette
n° 44
le caddie
n° 43
le fauteuil roulant
n° 42

Quel bouchon !
Ça n'avance pas...
En effet !
Vous, restez dans la file et coupez votre moteur !
Triiit triiit !
J'en ai marre d'attendre !
la bicyclette
n° 41
le pousse-pousse
n° 40
le scooter
n° 39
la moto
n° 38

Ohé, doucement !
Qu'est-ce qu'on peut faire ?
le side-car
n° 37
la voiture
n° 36

Annulez tous mes rendez-vous pour aujourd'hui !
le camion
n°35
la voiture de collection
n°34

Regarde, le chauffeur est furieux !
Tout le monde est énervé...
Calmez-vous, je vais voir ce qui se passe !
Avancez, nom d'un chien !
Tut tut !
le camping-car
n° 33
la bétonneuse
n° 32

Eh bien, ça alors !
C'est une vraie galette, votre voiture !
Heureusement
qu'il n'y avait personne dedans !
le camion-citerne d'essence
n°31
la dépanneuse
n°30

Regardez!
Incroyable!
Ne bougez surtout pas!
l'autocar
n°29

Mais… ce sont des lions!
On va les faire rentrer dans la cage!
Soyez prudents!
le bus safari
n°28

Oh, les petits cochons!
Où ça… où ça?
Je ne les vois pas!
le bus scolaire
n°27
la bétaillère
n°26

Oh là là...
le fiacre
n°25
le microtracteur
n°24

Allô, je vais être en retard...
Veuillez nous excuser pour ce contretemps !
Bon, moi, je vais livrer à pied !
le fourgon postal
n°22
la planteuse-repiqueuse
n°23
la camionnette de livraison
n°21

Je préfère encore marcher...
Je suis vraiment désolé.
Tiens, une bonne crêpe toute chaude!
TAXI
le taxi
n°20
le marchand ambulant
n°19

Moi aussi, j'en veux une !
C'est un excellent livre…
Après toi…
Encore un peu de patience…
le bibliobus
n°18
la voiture toilettes
n°17

Nous sommes actuellement sur place…

la voiture émettrice

n°14

Excusez-moi, est-ce que je peux avoir un peu d'eau?
Allez-y, servez-vous...
la voiture de secours
n°13
le camion-citerne
n°12

Où est l'incendie ?
Y a-t-il des blessés ?
le camion de pompiers
n°11
l'ambulance
n°10

Situation d'urgence, je répète...
POLICE
le camion sanitaire
n°9
la moto de police
n°8

Montez-moi encore un peu, s'il vous plaît !
C'est là-bas!
la voiture de police
n°7
le camion nacelle
n°6

Qu'est-ce que c'est ?
Regardez ! Quelque chose sort de terre !
le camion-benne
n°5
le rouleau compresseur
n°4

Poussez-vous, laissez-moi passer !
le bulldozer
n°3
la pelleteuse
n°2

Nous sommes en direct et...
la grue
n°1

Allez-y, doucement, c’est bon.

a a a a...

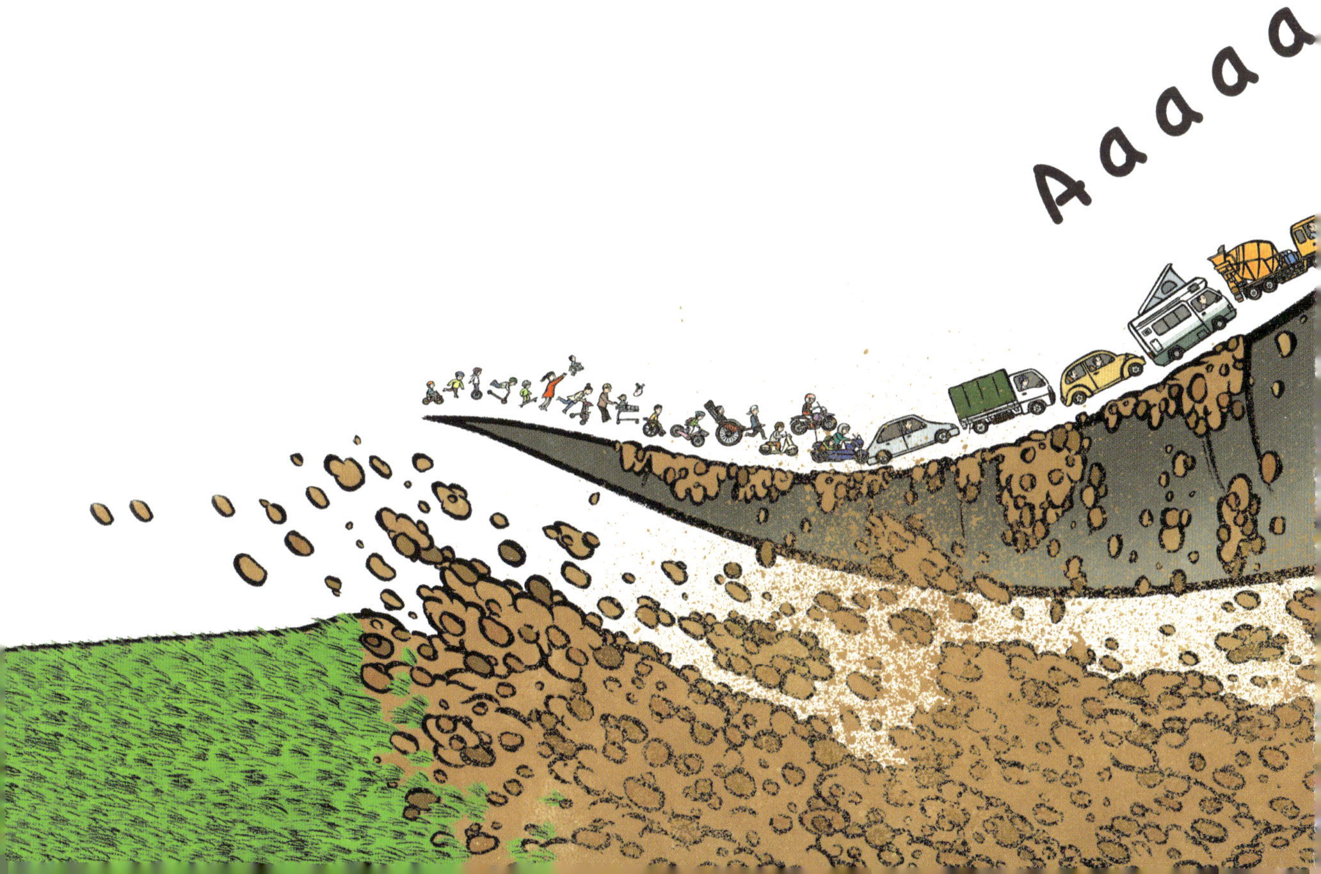
Aaaaa

crac

J'ai peur !
Au secours !

aaaaaaaaah!

Des dinosaures !

Crac
Qu'est-ce qu… que c'est?

Faites-moi descendre!
Ah!
Faites-les descendre, s'il vous plaît !

Merci ! Descendez tout doucement, chacun son tour !

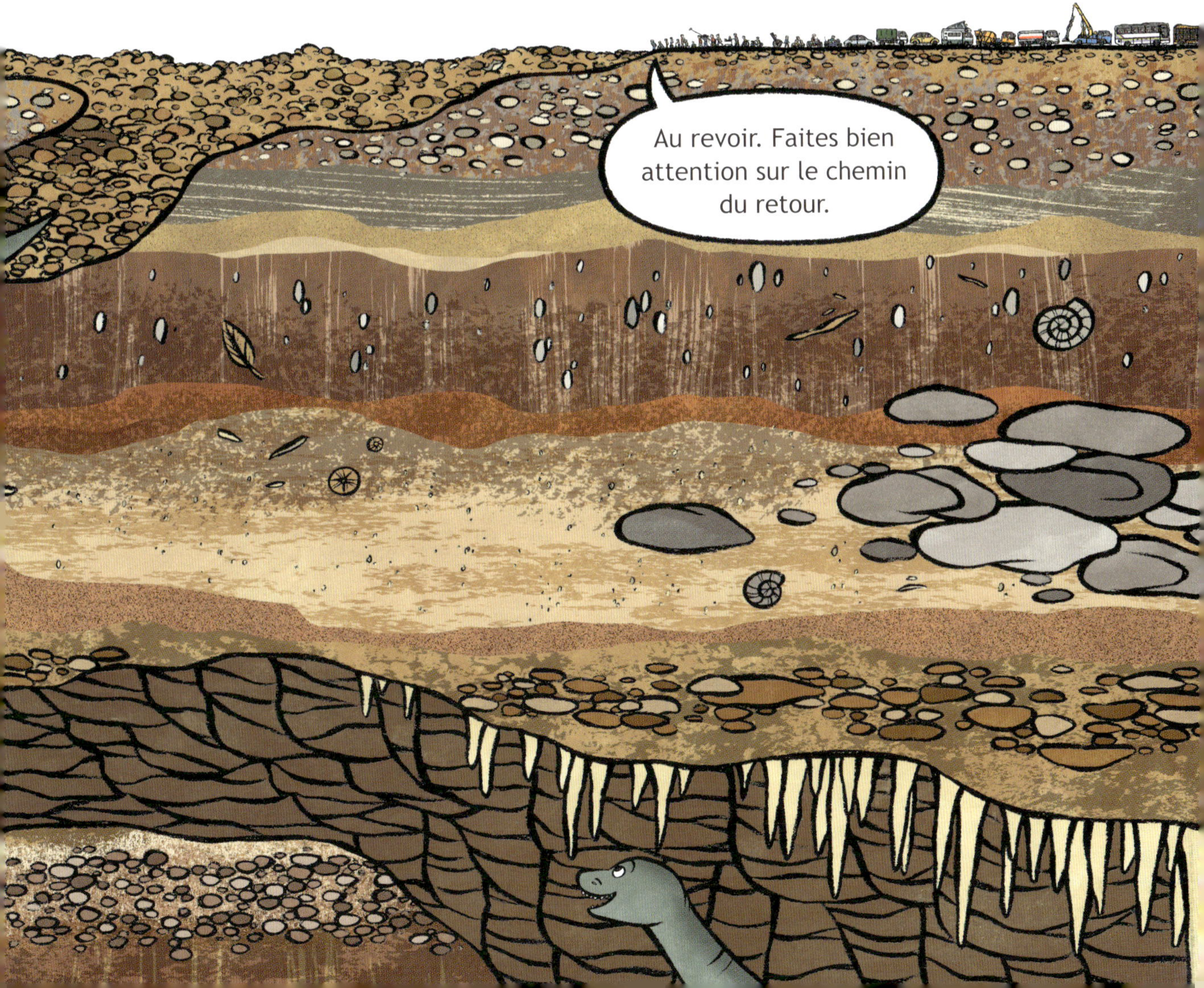
Au revoir. Faites bien attention sur le chemin du retour.

Le bébé dinosaure est né. Tout est bien qui finit bien.
Il est temps de rentrer à la maison…

Traduit du japonais par Jean-Christian Bouvier

ISBN 978-2-211-23431-3
Première édition dans la collection *les lutins* : septembre 2017

Titre de l'édition originale « NAN NO JÛTAI ? »
(Poplar Publishing Co., Ltd., Japon, 2014)
Édition française publiée en accord avec Poplar Publishing Co., Ltd.
Loi numéro 49 956 du 16 juillet 1949 sur les publications
destinées à la jeunesse : septembre 2017
Dépôt légal : septembre 2017
Imprimé en France par Pollina à Luçon - 81688

Les véhicules

1	la grue	26	la bétaillère
2	la pelleteuse	27	le bus scolaire
3	le bulldozer	28	le bus safari
4	le rouleau compresseur	29	l'autocar
5	le camion-benne	30	la dépanneuse
6	le camion nacelle	31	le camion-citerne d'essence
7	la voiture de police	32	la bétonneuse
8	la moto de police	33	le camping-car
9	le camion sanitaire	34	la voiture de collection
10	l'ambulance	35	le camion
11	le camion de pompiers	36	la voiture
12	le camion-citerne	37	le side-car
13	la voiture de secours	38	la moto
14	la voiture émettrice	39	le scooter
15	la voiture télé	40	le pousse-pousse
16	le camion poubelle	41	la bicyclette
17	la voiture toilettes	42	le fauteuil roulant
18	le bibliobus	43	le caddie
19	le marchand ambulant	44	la poussette
20	le taxi	45	le trotteur
21	la camionnette de livraison	46	la planche à roulettes
22	le fourgon postal	47	la trottinette
23	la planteuse-repiqueuse	48	le monocycle
24	le microtracteur	49	les patins à roulettes
25	le fiacre	50	le tricycle